BETHLÉEM.

PAR ÉD T.

D'après les notes inédites de deux voyageurs belges.
faites en 1840 et en 1845.

BRUXELLES,

LIB. DE H. GOEMAERE, SUCC. DE VANDERBORGHT,

Marché-aux-Poulets, 26

—

1852

BETHLÉEM.

PAR ÉD. T.

D'après les notes inédites de deux voyageurs belges,
écrites en 1840 et en 1843.

BRUXELLES,

LIB. DE H. GOEMAERE, SUCC. DE VANDERBORGT,

MARCHÉ-AUX-POULETS, 26.

—

1852

APPROBATION.

Ayant fait examiner l'opuscule intitulé : *Bethléem, par Éd. T.*, nous en permettons l'impression.

Malines, le 27 novembre 1852.

P. CORTEN, *Vic. Gén.*

DÉPOSÉ.

Imp. de J. VANDEREYDT, rue de Flandre, 104.

PRÉFACE.

Deux de nos amis, qui ont visité la Terre-Sainte, nous ont communiqué leurs lettres et leurs carnets de voyage. Le R. P. Aloys Legrelle, d'Anvers, membre de la Compagnie de Jésus, a vu trois fois Bethléem en 1840; M. Jean Portaels, de Vilvorde, peintre d'histoire et chevalier de l'ordre de Léopold, y passa la nuit de Noël de l'année 1845.

Pour rédiger cet opuscule, dont une épreuve a été soumise à l'examen de nos deux voyageurs belges, nous avons consulté surtout les auteurs suivants :

Jean Zuallart, chevalier du Saint-Sépulcre, maire de la ville d'Ath, en Hainaut. Il avait accompagné à Bethléem, en 1586, le jeune Philippe de Mérode, qui épousa plus tard Jeanne de Montmorency, et fut père de Marguerite Isabelle de Mérode, fondatrice du couvent des Thérésiennes à Vilvorde, dont nous avons parlé dans notre monographie de *Notre-Dame de Consolation*, p. xvii. Le grand-père de Philippe avait aussi fait ce pèlerinage. — Le livre est intitulé : *Le tres devot voyage de Jérusalem.*

Jean Cotovic, docteur en droit canon et en droit civil de l'université d'Utrecht. Il visita la

Terre-Sainte en 1598. — *Itinerarium Hierosolymitanum.*

Jean Vanderlinden, supérieur des frères Alexiens d'Anvers. — *Heerlycke ende geluckige reyse naer het heyligh land en de stadt van Jerusalem, door broeder Jan Vanderlinden, pater van de Cellebroeders tot Antwerpen, in het jaer 1633. Tot stichtinge ende recreatie van de jongheyt, die geerne wat nieuws lesen.* Ce cellite, parti d'Anvers avec le R. P. Pussenius, procureur des dominicains, le 29 mars 1633, était de retour le 25 novembre de la même année.

Bernardin Surius, récollet, président du saint sépulcre et commissaire de la Terre-Sainte pendant les années 1644, 1645, 1646 et 1647. — *Le pieux Pèlerin en voyage.* — Il était de Ruremonde.

Jean André Jacques Rotthier, Belge, prêtre et protonotaire apostolique, visita les Lieux-Saints en 1776 et 1777. — *Reyse naer het H. Land.*

Des auteurs plus récents nous ont également servi : l'*Itinéraire* de Chateaubriand de 1806 ; le *Pèlerinage à Jérusalem,* en 1831, 1832 et 1833, par le R. P. de Géramb, religieux de la Trappe ; *les Saints-Lieux,* en 1848, par Monseigneur Mislin, abbé mitré de Sainte-Marie de Deg en Hongrie, etc., etc.

BETHLÉEM.

Bethléem, où naquit Jésus, le Sauveur du monde, est située à deux lieues sud-ouest de Jérusalem. Elle est appelée *Bethléem de Juda*, parce qu'elle se trouve dans la contrée de cette tribu, et qu'on doit la distinguer d'une autre Bethléem en Galilée, de la tribu de Zabulon.

Le nom seul de ce berceau du Messie est plein de mystères. Bethléem signifie *maison de pain*. « Je te salue, s'écriait sainte Paule, ô Bethléem, maison de pain, dans laquelle est né le pain descendu du ciel (1). » Bethléem fut aussi appelée *Ephrata, féconde*. Les environs de cette ville étaient autrefois d'une grande fécondité; mais, comme sur toute cette contrée de désolation, le bras de Dieu semble également s'être appesanti sur cette terre. Quand on connaît la nonchalance, l'avilissement et l'espèce de barbarie

(1) *Epist.* 27. — *Epith. Paula* et *ad Theod. viduam,* ep. 6, l. 3. — Matth. II.

dans laquelle vivent les mahométans possesseurs actuels de la fertile Judée, on ne s'étonne pas qu'une partie de sa richesse ait disparu. Cette terre, pour peu qu'elle soit cultivée, nelaisse pas même aujourd'hui d'être prodigieusement féconde. Le nom d'Ephrata paraît être plus ancien que celui de Bethléem.

Au quatrième chapitre du premier livre des Paralipomènes, il est parlé des descendants d'Hur, fils aîné d'Ephrata et père de Bethléem. Voilà, d'après quelques auteurs, ceux qui donnèrent leur nom à la célèbre cité. D'autres pensent que le nom vient d'Ephrata, seconde femme de Chaleb, que Moïse envoya avec Josué pour connaître la terre de Chanaan. On sait que Chaleb et Josué furent les seuls des Hébreux sortis d'Égypte qui entrèrent dans cette terre promise (1). Le nom de Bethléem a été donné, selon quelques écrivains, par Jacob, lorsqu'il paissait ses troupeaux dans les environs. Il en est qui l'attribuent à Abraham. On désigne aussi Bethléem sous le nom de *cité de David,* parce qu'elle était la patrie du roi-prophète, l'un des ancêtres de la mère de Jésus-Christ.

Dans le monde entier, il n'est guère d'endroit

______

(1) *Judic.* I. — *Num.,* xxxii, 12. — *Josue,* xiv, 1, 14; xv, 13 et suiv. — *Paralip.* I, c. ii, v. 18, 19.

plus célèbre. Les prophètes annoncent la gloire de cette petite ville; un Dieu fait homme la commence; le genre humain tout entier la continue et l'achève.

Depuis quatre mille ans, une voix prophétique avait fait entendre au monde un cri d'espérance: « Le fils de la femme écrasera la tête du serpent. » Ce cri s'était répété de siècle en siècle comme d'écho en écho, par la bouche des prophètes. Tous les âges le redirent avec un saint respect et un tressaillement d'allégresse.

Où donc paraîtra ce fils de la femme, ce Sauveur destiné à changer la face de la terre, ce roi du monde issu de la race d'Abraham, de la postérité d'Isaac, de la descendance de Jacob, de la famille de Juda?

« Toi, Bethléem Ephrata, tu es petite entre les principales villes de Juda; mais ce sera de toi que sortira le conducteur qui gouvernera Israël mon peuple. »

C'est ce qu'avait prédit le prophète Michée, sept cents ans avant la naissance du Messie.

Dieu se sert de la vanité d'un empereur païen pour accomplir cette prédiction. Auguste règne à Rome. Cet empereur veut faire connaître les forces et les richesses des pays soumis à sa domination; il promulgue un édit pour le dénombrement général.

« Et tous allaient se faire inscrire, chacun en sa ville. Or, Joseph aussi monta de Galilée, de la ville de Nazareth, en Judée, en la cité de David, qui est appelée Bethléem, parce qu'il était de la maison et de la famille de David, pour être inscrit avec Marie, son épouse. Et comme ils étaient là, elle mit au monde son fils premier-né; elle l'enveloppa de langes et le coucha dans une crèche, parce qu'il n'y avait point de logement pour eux dans l'hôtellerie.

» Or, en la même contrée, il y avait des bergers qui veillaient non loin de là sur leurs troupeaux. Et voici l'ange du Seigneur qui parut auprès d'eux, et la clarté de Dieu les environna, et ils furent saisis d'une grande crainte. Et l'ange leur dit : — « Ne craignez point; car je vous annonce une grande joie, laquelle sera pour tout le peuple : aujourd'hui même, dans la cité de David, il vous est né un Sauveur; c'est le Christ ou le Seigneur. Et voici le signe auquel vous le reconnaîtrez : vous trouverez un enfant enveloppé de langes et couché dans une crèche.— » Et soudain avec l'ange parut la multitude des armées célestes louant Dieu et disant : — «Gloire à Dieu au plus haut des cieux et paix sur la terre aux hommes de bonne volonté. » — Et après que les anges se furent retirés dans le ciel, les bergers dirent entre eux : — « Allons jusqu'en Bethléem, et voyons ce qui est arrivé et ce que le Seigneur nous a fait connaître. » — Et ils vinrent en hâte, et ils trouvèrent Marie, Joseph et l'enfant couché dans une crèche. Et l'ayant vu, ils connurent la vérité de ce qui leur avait été dit de cet enfant; et tous ceux qui les entendirent admirèrent ce qui leur était dit par les bergers. Et les bergers retournèrent glorifiant Dieu de toutes les choses qu'ils avaient entendues et vues comme il leur avait été dit. »

« Jésus étant donc né à Bethléem de Juda, au temps du roi Hérode, il arriva à Jérusalem des mages, venus de l'Orient, qui demandaient : Où est le roi des Juifs qui vient de naître? Car nous avons vu son étoile en Orient, et nous sommes venus pour l'adorer.

» A cette nouvelle, le roi Hérode fut troublé, et tout Jérusalem avec lui : et ayant assemblé tous les princes des prêtres, et les docteurs du peuple, il leur demanda où le Christ devait naître. Et ils lui répondirent : — « A Bethléem de Juda; car voici ce qui a été écrit par le prophète : Et toi, Bethléem, terre de Juda, tu n'es pas la moindre entre les principales villes de Juda, car c'est de toi que sortira le chef qui doit gouverner Israël mon peuple. — »

» Alors Hérode, ayant pris les mages en particulier, s'enquit d'eux avec soin du temps auquel ils avaient vu paraître l'étoile. Et les envoyant à Bethléem, il leur dit : — «Allez, informez-vous exactement de l'enfant; et lorsque vous l'aurez trouvé, faites-le-moi savoir, afin que j'aille aussi l'adorer. — »

» Après avoir entendu ces paroles du roi, ils partirent. Alors l'étoile qu'ils avaient vue en Orient, parut, allant devant eux, jusqu'à ce que, étant arrivée sur le lieu où était l'enfant, elle s'y arrêta. Lorsqu'ils virent l'étoile, ils furent transportés de joie ; et étant entrés dans la maison, ils trouvèrent l'enfant avec Marie sa mère, et se prosternant, ils l'adorèrent. Puis, ouvrant leurs trésors, ils lui offrirent pour présents de l'or, de l'encens et de la myrrhe.

» Et ayant reçu en songe un ordre du ciel de n'aller point retrouver Hérode, ils s'en retournèrent en leur pays par un autre chemin.

» Après qu'ils furent partis, un ange du Seigneur apparut à Joseph pendant son sommeil, et lui dit : — « Levez-vous; prenez l'enfant et sa mère; fuyez en Égypte, et demeurez-y jusqu'à ce que je vous dise d'en partir; car Hérode cherchera l'enfant pour le faire mourir. — »

» Joseph, s'étant levé, prit cette nuit-là même l'enfant et sa mère, et se retira en Égypte, où il demeura jusqu'à la mort d'Hérode; afin que cette parole que le Seigneur avait dite par le prophète, fût accomplie : J'ai rappelé mon fils de l'Égypte.

» Alors Hérode, voyant qu'il avait été trompé par les mages, entra dans une grande colère, et envoya tuer tous les enfants qui étaient dans Bethléem et aux environs, depuis l'âge de deux ans et au-dessous, selon le temps où il s'était fait informer par les mages. »

De tels faits sans contredit suffisent pour immortaliser une ville.

Cette gloire de Bethléem, prédite par les prophètes et commencée par Jésus-Christ, se continue et s'achève.

Dès les premières années du christianisme, les fidèles se rendirent en pèlerinage à la Terre-Sainte pour honorer le berceau du Sauveur. Ce fut pour empêcher ce solennel concours que l'empereur Adrien, vers l'an 130, consacra cet endroit à l'infâme Adonis. Lorsque, au III° siècle, saint Alexandre fut fait évêque de Jérusalem, il était venu de Cappadoce visiter les lieux saints. « Ce n'est pas aux temps où nous vivons, dit sainte Cyrille de Jérusalem, que nous avons vu commencer ici l'affluence des peuples étrangers. » Saint Jérôme et les deux dames romaines, sainte Paule et sa fille, sainte Eustochie, qu'il avait instruites, se rendirent à Bethléem et voulurent y passer leur vie. Ce saint docteur dit qu'il est témoin du concours qui s'y faisait de toutes les parties de l'empire romain. L'impératrice sainte Hélène, mère du grand Constantin, visita la Terre-Sainte à l'âge de quatrevingts ans, et fit élever sur la grotte de Bethléem un édifice somptueux. Depuis ce temps, des hommes de toutes les conditions, des princes, des rois, des empereurs, ont visité ces augustes sanctuaires. Que dire des croisades, de ce pèlerinage immense de la moitié de l'Europe au tombeau et au berceau de Jésus-Christ? Jamais il n'y eut de pèlerinage plus solennel.

Une des premières histoires que la mère chrétienne raconte à son petit enfant, c'est l'histoire de l'étable de Bethléem ; et il n'est point de fête qui retentisse plus solennellement d'une extrémité de la terre à l'autre, qui parle plus au cœur, qui excite plus de douces émotions, qui commande plus de religieux respect, que la fête de Noël, la fête de Bethléem.

Voilà comment la gloire de Bethléem se perpétue de siècle en siècle.

« De tous les voyages que font les pelerins dans la Terre Sainte, il n'y en a aucun qui leur donne tant de contentement et d'allegresse intérieure, que celui de Bethleem : j'en parle pour l'avoir non-seulement ouy dire, mais en avoir fait une si douce expérience, que la seule mémoire me fait encore a present gouster je ne sçay quelle douceur intericure, que je ne puis expliquer. » Ce sont les paroles de Surius.

La porte de Jérusalem par laquelle on se rend à la grotte qui fut le berceau du Sauveur a plusieurs noms : la *porte de Bethléem, de Jaffa, des Pèlerins, de Saint-Jean;* on l'appelle aussi la *porte du château de David* ou *des Pisans,* lequel château on laisse à gauche en sortant de Jérusalem.

On monte continuellement pour aller de Jérusalem à Bethléem, qui est de cinquante-neuf pieds plus élevée que la ville sainte. Le chemin qui y conduit est très-bon, si on le compare aux autres chemins de la Palestine; mais il est pierreux et inégal. On n'y voit que l'olivier; encore y est-il rare : peu de terres sont cultivées. « C'est une des cinq routes royales qui menaient à Jérusalem; elle était pavée autrefois, ombragée, entourée de jardins, de vignes, de roses et de plantes odoriférantes; les auteurs anciens la comparaient au paradis (1). » Ces plantations s'y trouvaient encore en 1586, quand Zuallart, chevalier du Saint-Sépulcre, maire de la ville d'Ath, dans le Hainaut, fit le voyage de la Terre-Sainte, comme on peut le voir dans sa relation (2). Il parle de ce « chemin assez aggreable,

_____

(1) Mislin, t. iii, c. xxix, éd de Brux. — (2) Liv. 3, c. xv.

pour estre les deux costés d'iceluy garnis d'assez belles colines pourplantees de vignes, figuiers, coingners, oliviers et semblables arbres fruictiers, mais pauvrement cultivees : esquelles sont plusieurs tourelles en forme de petites maisons de plaisance destruictes, ou les vignerons et ceux qui entretiennent ces jardins se logent et s'accommodent.... Ce beau et delectable pays dure et continue jusques au monastere de Sainct Helie le prophete. » Le chemin de Jérusalem au berceau du Sauveur est un de ceux que Salomon semble avoir fait paver de pierres noires, comme tous les chemins qui aboutissaient à Jérusalem. Le sage roi unissait ainsi l'utilité publique à la magnificence de ses entreprises.

À une demi-lieue de Jérusalem et à droite, l'on voit la plaine de Raphaïm, où David remporta la victoire sur les Philistins; mais on ne voit plus, comme il y a deux cents ans, près de la route, le térébinthe que l'on nommait alors *l'albore della Vergine Maria.*

Avant d'arriver au monastère grec d'Élie, et « ayant cheminé environ deux mile, dit encore Zuallart, par une voye assez ample comme un chemin royal, la premiere chose qui fut par nous rencontree de remarque est un fort ancien et tres-bel arbre, dit terebinthe... Les Chrestiens Orientaux, mesme les Turcs, tiennent

cest arbre icy en tres-grande reverence : disans
que la vierge Marie, allant ou venant de Bethleem en Jerusalem avec son cher enfant, signam-
ment quant elle l'alla presenter au Temple, se
reposoit ordinairement soubz iceluy : duquel
arbre, qui est nommé le Terebinthe de la vierge
Marie, si les Pelerins Chrestiens en veulent
prendre quelque petite branche, il la convient
tirer secretement, et comme en cachete. »

A mi-chemin de Jérusalem à Bethléem, on
trouve, à la droite et à une petite distance de la
route, la *tour de Saint-Siméon*. Ce sont des
ruines et une citerne, qu'on regarde comme les
restes de la maison de ce saint vieillard. C'était
un homme juste et craignant Dieu. Il attendait
la consolation d'Israël et le Saint-Esprit était en
lui. Il avait été averti du ciel qu'il ne mourrait
pas qu'il n'eût vu le Christ du Seigneur. Conduit par l'Esprit, il vint dans le temple ; et comme
le père et la mère y apportaient Jésus, afin de
remplir pour lui la coutume de la loi, il prit
l'enfant entre ses bras, loua Dieu et dit : « Seigneur, laissez aller maintenant votre serviteur
en paix, selon votre parole ; car mes yeux ont
vu votre salut, le salut que vous avez préparé
devant la face de tous les peuples, comme la
lumière qui éclairera les nations et la gloire de
votre peuple d'Israël. »

Sur ce chemin, on fait remarquer au pied d'une colline le *puits des Trois Rois*. C'est l'endroit où, d'après la tradition, les mages virent de nouveau l'étoile, après l'avoir perdue de vue.

Les voyageurs modernes ne parlent pas de la *chapelle d'Habacuc*. « Un bon gect de pierre plus loing (que la citerne des Mages), dit Zuallart, se voit à main droite sur le mont quelque partie d'edifice en pied, restant d'une Église et monastère qui estoit cy devant en la charge des freres Mineurs, et à present tout ruiné, lequel a esté premierement fondé au mesme lieu ou l'Ange print le prophete Abacuc, le transportant jusques à la caverne des lyons en Babilone, pour repaistre le prophete Daniel. »

Quelques pas plus loin, au haut de la colline, à gauche, est le *couvent de Saint-Élie*, qui appartient aux schismatiques. Il est bâti au lieu même où le prophète avait son domicile.

« Comme tous les couvents de la Terre-Sainte, c'est une forteresse qui pourrait soutenir un siége : là où il n'y a pas de sécurité, il faut être armé pour voyager et se retrancher dans sa demeure contre les attaques des Arabes. Les murs sont très-élevés, presque sans ouvertures ; la porte est en fer, basse et très-forte ; les fenêtres sont hautes, petites et garnies de barreaux. Sur la terrasse, il y a un mur qui sert de parapet; il est formé de pierres détachées qui, au besoin, peuvent servir de projectiles (1). »

Sur le rocher à droite de la route est, dit-on, l'empreinte du corps du prophète, qui s'y coucha lorsqu'il fuyait la colère de Jésabel. Il marcha dans le désert durant une journée de chemin, s'assit sous un térébinthe, souhaita la mort, et dit à Dieu : « Seigneur, c'est assez. Prenez ma vie, car je ne suis pas meilleur que mes pères. » Et il se jeta par terre et s'endormit à l'ombre d'un térébinthe (2). Du haut de ce rocher on voit les trois lieux saints où se sont accomplis les trois grands mystères de la naissance, de la mort et de l'ascension de Jésus-Christ : Bethléem, l'église du Saint-Sépulcre et le mont des Oliviers.

La célèbre ville du prophète David est agréablement située sur une colline très-fertile. Le couvent, et l'église qui est au milieu et qu'on ne distingue guère du reste du couvent, se détachent du village et présentent de loin comme un château fort au-dessus d'une vallée verdoyante. On marche encore une heure sur le penchant des collines. Quand on est descendu de la hauteur rocailleuse sur laquelle s'élève le couvent

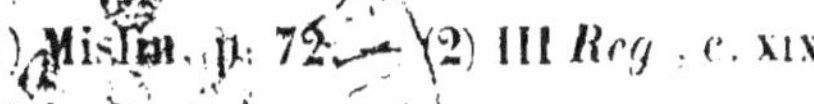

(1) Mislin, p. 72. — (2) III *Reg.*, c. xix.

2.

de Saint-Élie, on a toujours devant les yeux cette Bethléem qui fut le berceau de Jésus et celui de notre bonheur. Bientôt on remonte, et l'on découvre, à droite, la douloureuse vallée de Rama : « Une voix a été entendue dans Rama, des pleurs et de grands gémissements. Rachel pleurant ses enfants ; et elle n'a pas voulu être consolée parce qu'ils ne sont plus. » Telles étaient en même temps et l'histoire et la prophétie. Dieu s'était servi du cruel Hérode pour l'accomplissement de ces paroles prophétiques de Jérémie. Zuallart dit que près de ce couvent on voyait les restes d'une autre église et monastère, au lieu où avait résidé le patriarche Jacob, et où sa femme Rachel était morte.

Au delà est le village de Botticella, dont tous les habitants, après avoir vécu longues années dans le schisme, viennent de rentrer (en 1840) dans le sein de l'Église. Un petit édifice à jour, ressemblant, par l'extérieur, à une petite mosquée, ou au *sepolcro d'un santone*, frappe la vue. Quatre piliers carrés soutiennent une voûte surmontée d'une coupole qui est couverte de ciment blanc. Dans l'intérieur, sous la petite coupole, ornée d'un grand nombre d'inscriptions et de paroles hébraïques, est un mausolée grossier, une espèce de bière faite en pierres couvertes de ciment. Il est large et élevé : on dit que c'est le tombeau de Rachel. « Jacob était parti de Bethel et vint au printemps en la terre qui conduit en Ephrata, et là elle donna le jour à Benjamin. Rachel mourut et fut ensevelie au chemin qui mène à Ephrata, qui est Bethléem. Et Jacob mit une inscription sur son sépulcre, et c'est l'inscription du sépulcre de Rachel qu'on voit encore aujourd'hui. » Ainsi parle la Genèse, au trente-cinquième chapitre. Ce livre divin ne donne pas d'autres détails ; mais au lieu de sépulcre on peut aussi traduire par *cippe*, demi-colonne sans chapiteau. Il y a différentes opinions sur ce tombeau. Plus de sept cents ans après la mort de Rachel, Samuel, après avoir sacré roi le prophète Saül, parle du tombeau de Rachel en ces termes : « Lorsque vous m'aurez quitté aujourd'hui, vous trouverez deux hommes près du sépulcre de Rachel, sur la frontière de Benjamin, vers le midi (1). » Saint Jérôme en fait mention et détermine le lieu ; il dit que sainte Paule se rendit à Bethléem et s'arrêta à la droite du chemin devant le tombeau de Rachel (2). Saint Arculphe l'a vu aussi au viie siècle, et il nous en a laissé une description très-détaillée ; il était alors surmonté d'une pyramide. Edrisi, géographe arabe du xiie siècle, y a vu un

____

(1) I *Reg.*, c. x. — (2) *Ad Eustoch.*

monument composé de douze pierres, selon le nombre des fils de Jacob; elles étaient placées debout et surmontées d'un dôme en pierres. Zuallart regarde ce monument comme le tombeau de Rachel. Il dit de plus : « Breidembach escript que de son temps (c'est-à-dire, au XVIᵉ s.), on y voyoit encore les vestiges du tiltre que le dit patriarche avoit mis, qui estoient douze pierres, pour le nombre de ses filz. »

« Je pourrais me dispenser de vous dire, écrit M. Poujoulat, que ce qu'on appelle le tombeau de Rachel est tout simplement la sépulture de quelque santon (1). » On nomme ainsi une sorte de moine mahométan. Chateaubriand a cru aussi n'y voir qu'un semblable tombeau. Un des voyageurs dont nous commentons ici les notes, pense que les Turcs ont élevé ce monument à la mémoire de Rachel, pour laquelle ils ont beaucoup de dévotion, et qu'ils l'ont construit sur l'emplacement même du tombeau de Rachel. Telle semble être aussi l'opinion de monseigneur Mislin : « Les chrétiens, dit-il, les juifs et les musulmans ont une grande vénération pour ce tombeau, sur lequel les chrétiens avaient construit une chapelle ; aujourd'hui il appartient aux Turcs, qui l'ont recouvert d'un dôme blanc

____

(1) *Corresp. d'Orient*, lettre 95.

et informe, comme tous leurs monuments. » Le
R. P. Marie Joseph de Géramb partage cette opinion. « Il est visible, dit-il, à la simple inspec-
tion de l'édifice, qu'il appartient à des temps
beaucoup plus près de nous. »

Avant d'entrer à Bethléem, vers la gauche,
à la distance d'un coup de fusil, se trouvent,
dit-on, les ruines de la maison de Jessé. Elles
consistent dans deux ou trois puits de citerne,
et quelques pierres entassées en forme de tour;
à ces prétendus restes on a ajouté plus tard un
grand monceau de pierres. Il est fort probable
qu'il n'y a guère que l'emplacement et peut-être
les citernes qui aient appartenu à la maison où
naquit le prophète-roi.

En approchant de Bethléem, « la perspective,
dit le P. de Géramb, devenait plus riante et plus
gracieuse. Bethléem, au milieu des collines et
des plaines qui l'entourent, offrait un aspect pit-
toresque; les champs irrégulièrement coupés
selon l'étendue des héritages, et parfois clos de
murs, me paraissaient mieux cultivés; les arbres, le figuier et l'olivier surtout, étaient beaucoup moins rares. »

Bethléem, dont le souvenir seul fait tressaillir
de joie tout cœur chrétien; Bethléem, dont le
nom a retenti jusque dans les coins les plus re-
culés et les plus obscurs de l'univers; cette ville

dont la gloire est bien supérieure à celle des villes les plus célèbres et les plus renommées de l'antiquité; Bethléem n'est plus qu'un amas de petites cabanes et de vieux édifices ruinés, d'un triste aspect. Cette ville ne renferme tout au plus que 3,000 habitants. Il peut y avoir à peu près 1,500 catholiques; le reste des habitants sont grecs schismatiques. Au 19 juillet 1840, il n'y avait qu'une seule famille arménienne de treize personnes. « Par un phénomène assez singulier, dit monseigneur Mislin, Bethléem est demeurée une ville chrétienne au milieu de ces contrées musulmanes. » Les Bethléémites sont pauvres; les uns vivent d'un peu de culture; d'autres servent de trucheman aux voyageurs; un grand nombre d'entre eux leur vendent des croix et des chapelets. C'est pourquoi ils ont la coutume, de père en fils, d'apprendre l'italien à leurs enfants.

Près de l'église de Bethléem il y a un monastère d'antique structure, que plusieurs croient être un des quatre qui y furent bâtis par sainte Paule, et le seul dont on trouve des vestiges. Le monastère, l'église et environ cent cinquante cabanes ou édifices en ruine, voilà tout ce qui reste de cette royale cité. Le couvent est très-spacieux et présente l'aspect d'une forteresse; la porte est si basse qu'on ne peut y entrer sans se courber :

c'est le moyen d'empêcher les Arabes d'y pénétrer en foule quand ils veulent en venir à des injures ou des voies de fait, et surtout quand ils veulent se décharger sur ces religieux inoffensifs de la colère et de la vengeance que chaque nouvel impôt ne manque pas de provoquer en eux. Cette précaution a été prise, comme Zuallart le dit très-exactement, « afin que les Turcs n'y entrent avec leurs chevaux, asnes et autres bestiaux. »

Le monastère est divisé en trois parties ; c'est ce qui a fait dire à des voyageurs qu'il y a trois couvents à Bethléem. Les grecs schismatiques, les Arméniens et les catholiques occupent ces trois parties séparées les unes des autres ; le quartier des catholiques est habité par les Franciscains. Ces religieux y inspirent une vénération profonde ; leur vie est des plus édifiantes. Ils sont au nombre de quinze ou seize, dont sept ou huit prêtres. Leur habit est le même qu'en Europe ; mais ils portent tous la barbe, ce que ne font en Europe que les seuls capucins, ou ermites de l'ordre de Saint-François. Ils accueillent les voyageurs et les pèlerins avec une charité que la religion chrétienne seule inspire. Le monastère communique immédiatement avec l'église.

Il y a au couvent des Franciscains de Bethléem, de même qu'à celui de Jérusalem, une école pour les jeunes gens, et il n'est pas un seul enfant appartenant à l'une des familles catholiques de l'endroit qui ne la fréquente, au moins pour quelque temps. C'est là surtout qu'ils acquièrent l'usage de la langue italienne; c'est là qu'on leur inculque profondément les principes de la religion et de la morale chrétiennes, et c'est à ces bons religieux de Terre-Sainte que les catholiques de Syrie sont redevables de leur attachement à la foi de leurs ancêtres, et de cette admirable pureté de mœurs qui en est la sauvegarde et le soutien. Les religieux franciscains distribués dans les différentes maisons de leur ordre en Syrie et en Égypte sont au nombre de 160, dont 100 prêtres et 60 frères lais. Quant aux fidèles indigènes de Bethléem, de Nazareth, de Jérusalem et des autres endroits appelés *lieux saints*, ces bons catholiques, nos frères, sont entièrement exempts des vices malheureux si communs au milieu de notre civilisation européenne. On voit fleurir dans chaque famille catholique de Syrie la foi, la ferveur, la justice, la charité universelle, et surtout la si précieuse chasteté, qui étaient les caractères distinctifs des premiers chrétiens. Le troupeau y est peu nombreux, mais le pasteur y jouit de l'indicible consolation de pouvoir répondre, pour ainsi dire, du salut de toutes ses ouailles, et jamais il n'a la douleur d'apprendre qu'un scandale ait été commis, ou que quelque brebis se soit écartée de l'étroit sentier qui doit les conduire vers la vie éternelle.

Eusèbe de Césarée, dans la vie de Constantin (1), dit que sainte Hélène avait fait purifier la grotte de Bethléem et y avait fait élever un temple dédié à la sainte Vierge. Schubert attribue cette église à Pulchérie et Eudoxie, la sœur et la femme de Théodose II; d'autres auteurs encore ont eu cette opinion. Mais l'autorité d'Eusèbe est prépondérante : il était contemporain d'Hélène et il a écrit la vie du fils de l'impératrice; cette double circonstance ne permet pas de lui refuser la connaissance exacte du fait. On sait qu'au-dessus de la grotte, sur l'emplacement même de l'église actuelle, l'empereur Adrien avait fait placer la statue d'une infâme divinité.

D'après Chateaubriand, l'église bâtie par sainte Hélène, réparée par les empereurs grecs, embellie par les rois latins, fut une des plus belles de la chrétienté. L'évêque Arculphe a écrit au VIIe siècle que les colonnes étaient si belles qu'un des califes voulut les faire transporter dans son palais de Babylone.

Cette église a subi beaucoup d'altérations et de changements. Nous nous contenterons de don-

(1) Vita, l. 3, 43.

ner deux descriptions faites à des époques différentes. Voici celle de Zuallart :

« Quant à ceste église de Bethleem, elle a esté une des amples, belles et plus riches en bastiment, qui pourroit estre au monde, ores qu'elle ne soit des plus grandes, comme en partie apert encore en plusieurs endroitz, car elle a de longueur cent cinquante cinq brasses ou couldees, et cinquante cinq en largeur, en laquelle y a trois nefz voultees ; celle du milieu, distincte et ouverte jusques à la couverture entre les colomnes ; et les deux autres nefz plus basses, dont les voultes sont soustenuës de deux rangees de colomnes de marbre roussatre, meslé de blanc et jaune, grosses d'environ deux aulnes de tour, et hautes de vingt quatre piedz, chacune d'une seule piece, fort belles et riches à voir ; lesquelles colomnes sont distantes l'une de l'autre, tirant vers le cœur de l'église, d'environ sept piedz et de treize par le travers.

» Le mur ou paroy de la nef du milieu au dessus des ascintes ou sont les fenestres, depuis les colomnes jusques au toict, a esté peint et enrichy d'œuvre Mosayque doré, contenant par personnages les histoires du vieil testament, jusques à l'advenement de nostre Redempteur, et au cœur, celles du nouveau, avec leurs significations escriptes au bas, en lettres Grecques et

Latines, comme es tapisseries : mais, helas, le tout est quasi effacé par le laps et injure du temps, et par faute d'entretenement : car les Turcs, imitans en ce les Juifz, ne font aucunes figures ou images : néantmoins par quelques unes on recognoist encore quelles histoires elles representoient ; et quoy que le Turc n'en admet, comme dit est, en ses Loy et Mosquees, si est il qu'il le tollere aux Chrestiens en leurs Eglises sans les effacer ou destruire. Si y a environ mil ans que, comme j'ay dit ailleurs, ilz occupent la Terre Saincte, sans que les Chrestiens ayent eu moyen ny licence pendant ce temps d'y faire bastir ou restablir aucune Eglise, et moins quelque image ou figure humaine : toutefois ne celleci ne autres n'ont esté par eux effacees n'y rompues, aussi elles n'ont esté refaites par les Chrestiens : en quoy on peust recognoistre l'antiquité et usage d'icelles en l'Eglise de Dieu.

» Quant au toict de la dite Eglise, la charpenterie est de bois de cedre et cipres, le dehors estant couvert de plomb. Contre le pignon du grand portail, se voyent encore les vestiges de l'arbre de Jessé, faict aussi d'œuvre mosayque : et est le pavement du bas, faict de marbre de diverses couleurs par une tres-belle proportion.

» Le cœur est clos et separé de la nef ; comme es Eglises de pardeça, et y monte on par trois degrez, qui sont en long de la largeur de toute l'Église, et est le dit cœur fermé de murs contre les caroles, lesquelles avec ledict cœur, sont voultees d'une seule voulte, soustenue de groz pilliers quarrez de massonnerie, accompagnez de colomnes rondes fort haultes, de semblable couleur que sont celles de la nef : lesquelles caroles environnantes le cœur et qui servent aussi de croisée à l'Eglise, sont fermees, et y entre on seulement par des petites portes qui sont à l'un et l'autre costé. Les parois et murs d'enbas estoient tous croustez et lambrissez de planches ou tables d'un tres beau marbre blanc, comme sont celles qui sont restees au lieu de la naissance du Sauveur. Mais celles de l'Eglise, comme j'ay dit en la description du S. Sepulchre, ont la plupart esté emportees par les Turcs et Sarazins, pour embellir leurs Mosquees et palais Royaux; tellement qu'à present il n'y reste que les parois et murs emplastrez de chaux. En la carole du costé droict vers le midy, est une chapelle appelee de la Circoncision, edifiee, ainsi qu'on estime, au lieu ou le Redempteur a esté circoncis; celle qui est à l'autre costé du cœur vers Septentrion, se nomme des innocents pour y avoir esté cy devant gardez plusieurs sainctz corps d'iceux.

« Au regard du grand Autel du cœur, il est justement au dessus de la spelonque ou antre et

lieu ou la Vierge mere enfanta nostre Dieu et
Sauveur prenant chair humaine, et à chacun
costé dudit Autel, il y a une porte fermee d'huis
de bronse faict à treilles, par lesquelz on y va et
descend par siz degrez de marbre, comme porphyre : à main gauche vers midy, on voit encore douze degrez, par lesquels on montoit en la
tresorerie, à present muree. Pres de laquelle,
s'apperçoivent les vestiges d'une belle tour rui-
nee, les fenestres de la quelle, et qui servoient à
y donner clarté, sont compassees, ordonnees et
faictes d'un tres-bel ordre.

» Mais revenant à ceste Eglise, elle souloit cy
devant estre ornee à l'advenant, et dotee de plusieurs riches ornemens, pour faire le service divin ; ensemble de calices et vaisseaux d'or et
d'argent, donnez tant par saincte Helene, l'Empereur Constantin, que autres Princes du temps
passé. »

Voici l'état de l'église de Bethléem, d'après les
notes prises en 1840.

L'église présente un magnifique vaisseau à
trois nefs. Elle est bâtie en forme de croix. On
compte, sur quatre rangées, quarante-huit su-
perbes colonnes de marbre, d'ordre corinthien ;
la hauteur est de dix-huit pieds, le diamètre de
deux pieds six pouces. Il n'y a pas de voûte ; la
charpente est nue et bien conservée. Les belles

mosaïques qui ornaient les parois ont presque disparu : on n'en voit plus que quelques traces dans les nefs de l'église; mais au-dessus de l'autel des arméniens il en reste assez pour juger de la première origine et de l'ancienne splendeur de cette maison de Dieu. Toute l'église de Bethléem est au pouvoir des deux communions schismatiques qui s'en sont emparées et s'y maintiennent en prodiguant l'or au pacha de Damas et à la Sublime Porte. Elle appartenait autrefois aux catholiques; si elle leur était rendue, elle pourrait recouvrer encore son ancienne magnificence. Une cloison sépare du reste de l'église les autels, c'est-à-dire le chœur avec les deux branches de la croix : les grecs ont le chœur et la branche droite, et les arméniens la branche gauche. Ils y célèbrent leurs offices. On n'officie jamais dans les autres parties de l'église. Elles sont très-négligées; les mahométans s'en servent comme d'un bazar. « Le pavé, dit le P. de Géramb, est dans un délabrement tel, qu'on ne peut y marcher sans s'exposer à de dangereuses chutes. »

« Cette église, dit monseigneur Mislin, a été préservée de la destruction par Tancrède. À l'approche des croisés, les musulmans se sauvaient à Jérusalem; sur leur passage, ils brûlaient les églises et dévastaient toutes les maisons des chré-

PLAN DE LA GROTTE SOUS L'ÉGLISE.

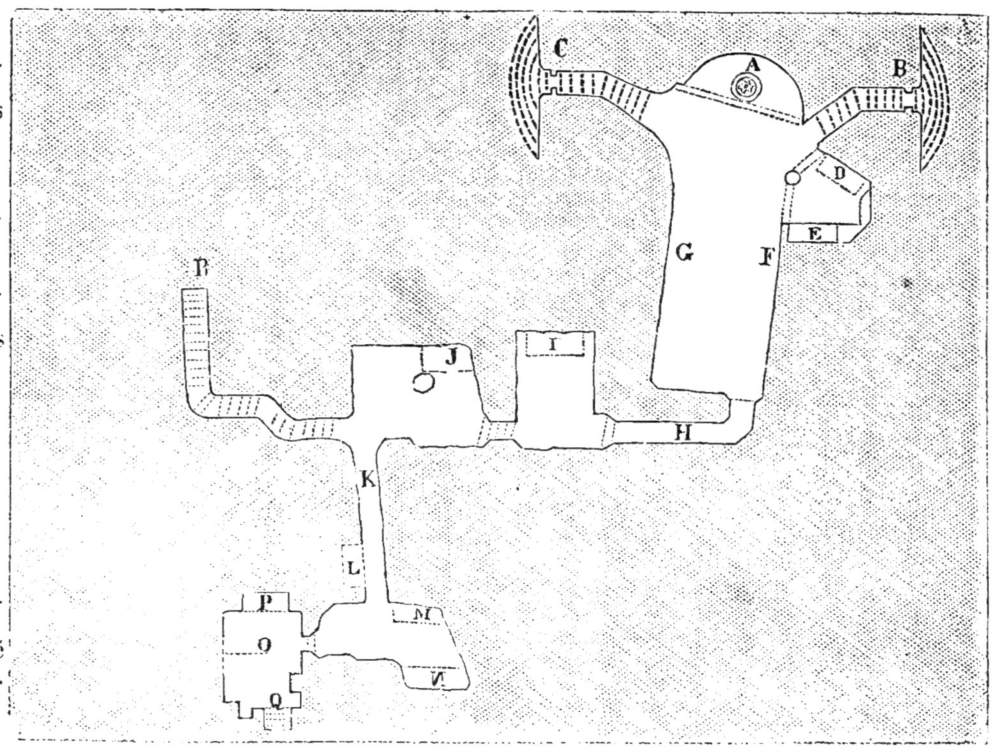

A. Sanctuaire de la Nativité.
B. Escalier des Grecs.
C. Escalier des Catholiques et des Arméniens.
D. Autel des mages.
E. La Crèche.
F. G. Grotte appartenant aux trois communions.
H. Corridor.
I. Autel de la Grotte de S. Joseph.
J. Autel de la Grotte des Innocents.
K. Corridor.
L. Tombeau de S. Eusèbe.
M.   »   de Se Paule et Se Eustochie.
N.   »   de S. Jérôme.
O. École de S. Jérôme.
P. Autel.
Q. Porte des Arméniens.
R. Escalier de Ste Catherine.

N. B. Ce plan a été tracé à Bethléem même, par le R. P. Legrelle.

tiens. Les fidèles de Bethléem envoyèrent une députation à Godefroid de Bouillon, qui fit aussitôt partir Tancrède avec cent cavaliers. Les croisés furent reçus au milieu des bénédictions du peuple. Ils visitèrent, en chantant les cantiques de la délivrance, l'étable où naquit le Sauveur. Le brave Tancrède fit arborer son drapeau sur la sainte métropole à l'heure même où la naissance de Jésus-Christ avait été annoncée aux bergers. »

Près de l'église de Sainte-Marie, les catholiques ont une petite église dédiée à sainte Catherine. Elle se trouve entre la grande église et le couvent. Le saint-siége a bien voulu y attacher toutes les indulgences du mont Sinaï, où sainte Catherine fut portée par les anges. On descend (R) de cette chapelle dans la grotte des Saints-Innocents (J) par vingt-deux marches ; de celle-ci on remonte à la grotte de Saint-Joseph (I) par cinq marches, et de la grotte de Saint-Joseph on doit encore remonter deux marches pour entrer dans le corridor (H) qui conduit à a grotte de la Nativité. C'est dans la chapelle de Sainte-Catherine que les religieux franciscains célèbrent aujourd'hui tous leurs offices. C'est là qu'ils ont transporté leur chœur ; c'est elle qui sert d'église paroissiale aux catholiques. Ceux-ci avaient autrefois la magnifique cathédrale, comme nous l'avons dit. Pour faciliter le service religieux, on avait pratiqué deux larges entrées dans la grotte : l'une (B) à droite communique avec le chœur de l'église, elle est appelée aujourd'hui l'escalier des grecs ; l'autre (C) communique avec la chapelle latérale à gauche, c'est l'escalier des catholiques et des arméniens. Il y a seize marches pour descendre dans la grotte.

La grotte de Bethléem est une caverne naturelle creusée dans un roc, tout près de la ville. Sa longueur est d'environ quarante pieds, sa largeur de douze, sa hauteur de dix. Au temps de la naissance du Sauveur, elle était ouverte du côté de Bethléem. Comme cette grotte est creusée dans le flanc d'une colline, on pouvait y entrer de plain-pied. Elle servait d'étable pour les bêtes de somme. Il y avait peut-être près de là une de ces hôtelleries orientales, appelées aujourd'hui *caravanserais*, avec une grotte qui servait d'étable pour les animaux de ceux qui y logeaient ; ou bien, c'était une grotte abandonnée dans laquelle chacun pouvait abriter ses animaux. Et c'est dans cette *étable* que l'immaculée Vierge Marie donna le jour au SAUVEUR DU MONDE, PARCE QU'IL N'Y AVAIT PLUS DE PLACE DANS L'INTÉRIEUR DES HÔTELLERIES !

Nous avons vu qu'il y a seize marches de l'église de Bethléem à la sainte grotte. On en descend encore deux autres pour entrer dans le sanctuaire de la Nativité. (A) C'est une petite chapelle formée dans l'enfoncement circulaire qui se trouve dans la partie orientale de la grotte. Dans les premiers temps, toute la grotte consistait dans cette petite chapelle qui renfermait tout l'endroit où le Sauveur naquit et la crèche qui le reçut. Mais la dévotion des pèlerins l'agrandit : ils enlevèrent des fragments de pierre qu'ils emportaient comme reliques de ce lieu de bénédictions et de salut. Ainsi creusée, elle acquit par la durée du temps les dimensions que nous avons indiquées.

La grotte de la Nativité est commune aux catholiques, aux grecs schismatiques et aux arméniens. Ces trois communions y entretiennent chacune un certain nombre de lampes. Il y a d'abord trente et une lampes dans la grotte proprement dite; puis seize dans l'enfoncement où Jésus-Christ vint au monde. Ce sont des présents faits au Roi du ciel par les rois de la terre, Louis XIII, les rois de Naples, la famille impériale d'Autriche. La grotte n'a d'autre lumière que celle des lampes; la lumière du jour n'y pénètre pas.

Le sanctuaire de la Nativité, c'est-à-dire la place où naquit le Sauveur, est aux grecs; ils ne permettent pas même aux catholiques d'y dire la messe.

Ces schismatiques continuent toujours leurs envahissements. Si les puissances n'interviennent, les Lieux-Saints seront bientôt entièrement perdus pour les catholiques.

La chapelle circulaire est revêtue d'un marbre blanc, donné par sainte Hélène. Il y a un autel de marbre avec un tableau qui représente la Nativité. La table d'autel, soutenue par deux colonnes, est placée au-dessus du lieu même où naquit le Rédempteur des hommes. Sous cette table, il y a un pavement en marbre blanc, incrusté de jaspe et de porphyre. Au milieu du pavement, on voyait encore, en 1846, une étoile à quatorze rayons, entourée d'un cercle d'argent sur lequel étaient gravés ces mots :

Hic de Virgine Maria
Jesus Christus natus est.
Ici est né Jésus-Christ
De la Vierge Marie.

« Depuis quelque temps, dit monseigneur Mislin, les pères franciscains s'apercevaient qu'on faisait des efforts pour enlever cette étoile; ils tâchèrent de la consolider de leur mieux, ce que prouvent les empreintes des clous qu'ils avaient enfoncés dans le marbre. Enfin, le premier jour du mois de novembre 1847, ils eurent la douleur de voir au matin que l'étoile avait été volée pendant la nuit. S'il ne s'agissait que d'une perte matérielle, elle serait bientôt réparée : on replacerait une autre étoile avec la même inscription, et tout serait dit. Mais les grecs s'y opposent ; donc on peut légitimement soupçonner qu'ils ont eu part au larcin. Les pères franciscains ont fait des recherches, et ils ont porté plainte. Le pacha a entendu des témoins, il en a référé à Constantinople, et depuis un an rien ne se fait. Selon toute probabilité, nous perdrons notre cause, parce que personne ne la défend que notre zélé patriarche, monseigneur Valerga : abandonné par les puissances catholiques, il est trop faible pour lutter seul contre les richesses des grecs, la vénalité des Turcs et la puissance de la Russie.

» Ce n'était pas assez pour les grecs de commettre ce vol sacrilége, il fallait encore en jeter l'odieux sur les catholiques ; ils les accusèrent d'en être les auteurs. Voici comme répond M. Boré à cette impudente calomnie :

» Les catholiques avaient-ils un intérêt à la disparition de ce signe incontestable de leur propriété, eux qui, cinq années auparavant, avaient averti la Porte que les grecs voulaient l'enlever, et obtenu d'elle un ordre, existant entre nos mains, et qui en défend le déplacement? L'auraient-ils fait avec la brutalité de profanateurs, et à l'heure où les grecs ont la jouissance de ce sanctuaire? Leur fait-on l'injure de peser leurs dénégations au même poids que celles de leurs accusateurs, que nous avons vus tour à tour proclamés, par la bouche même des sultans, *calomniateurs, voleurs* et *faussaires?* Quand est-ce que nous avons été marqués de la même flétrissure? Ne sait-on pas, d'ailleurs, que l'étoile a été portée en triomphe au couvent grec de Saint-Sabas, distant de quatre lieues, et que là il lui a été fait une ovation dérisoire pour ceux qu'affligeait sa perte? N'est-ce pas ce que confirme l'aveu de Moustafa-Zurif, pacha de Jérusalem, nous disant : — « J'aurais pu retrouver l'étoile dans le commencement, si M. le consul de France ne s'était mêlé de l'affaire. » — Raison qui condamne doublement le pacha, connaissant les voleurs sans les arrêter ni les punir, et persistant encore aujourd'hui dans le refus de reconnaître une intervention officielle, autorisée par les traités internationaux. S'il n'y avait sous tout ce jeu le péché habituel et local de la vénalité et de la corruption, le cadi aurait-il fait proposer au procureur du couvent de terminer tout à notre avantage pour 11,000 piastres? Proposition rejetée par nous, comme contraire à l'honneur des catholiques et du gouvernement qui prohibe actuellement ces trafics scandaleux.

« Voilà comment se traitent toutes les questions à Jérusalem, et comment nous sommes chaque jour dépossédés de nos droits. »

Des lettres de Constantinople, en date du 15 février 1852, annonçaient que la Porte ferait remettre aux catholiques la clef de l'église de Bethléem et qu'on s'était décidé à ne pas exiger la restitution de l'étoile d'argent, volée par les grecs, et à la remplacer par une autre. Il paraît que la Russie s'est opposée à cet arrangement conclu entre la Porte et la France. Une troisième assemblée s'est tenue le 18 octobre 1852, à l'église de Bethléem, au sujet de l'étoile et de la clef de la grande porte. Le firman est dérisoire sur ce point comme sur d'autres, puis qu'en accordant une clef aux latins, il leur refuse le droit de s'en servir plus de quatre fois par an. (*Univers*, 9 mars 1852.—*Emancip.*, 19 nov. — Misl. p. 324).

Dans l'ouvrage flamand de Rotthier, il est dit que la place où le Sauveur naquit est indiquée au moyen d'un marbre précieux, appelé *serpentine*, placé un peu au-dessous du niveau du pavement qui est en marbre blanc.

L'auteur ajoute qu'on ne voit de cette serpentine qu'un rond de la grandeur d'une assiette, entouré d'un cercle d'argent et de rayons qui font une belle étoile. Cette étoile est enrichie de belles pierres dont le nombre monterait à

six cents environ, si quelques-unes n'avaient été
enlevées, comme on le voit aux trous qui les
enchâssaient.

« Quant au bas et sur terre, dit Zuallart, le
pavement est faict de marbre blanc, portant une
estoille à quatorze rayons ou pointes, faictes
aussi de marbre de diverses couleurs, au milieu
de la quelle est un petit rond, enfoncé d'environ
deux doigs, ayant demi pied en diametre,
le quel est faict d'une pierre serpentine, qui est
aussi un marbre brun et vert, portant des taches
de vert gay; icelle pierre ronde, toutes les nations chréticnnes, même les Turcs, Persiens,
Sarazins et Mahometistes reverent, baisent et
arrosent d'abondance de larmes, et y est mise
pour enseignement du propre lieu où Jesus-
Christ a esté enfanté de l'immaculee vierge
Marie. » Le respect et la vénération pour ce
saint lieu n'ont pas diminué. Il s'y fait une
procession journalière. Voici la description
pleine d'intérêt que fait le P. Legrelle de cette
procession.

« Les enfants les plus sages et les plus intelli-
gents de l'école des Franciscains sont occupés au
service de l'église. A les voir, ces petits anges sous
forme humaine, avec leurs longs surplis blancs
sur l'invariable costume arabe (qui est peut-être
celui que portaient les anciens Hébreux), passant à l'église presque toutes les heures, qu'ils

ne doivent pas employer à l'école, on ne peut s'empêcher de penser au jeune Joas, qui, il y a deux mille et sept cents ans, était enfant de chœur sur le mont Moria, situé non loin de ces lieux. Joas dans son enfance, comme nous apprenons par la sainte Écriture, ne quittait jamais le sanctuaire. Je croyais le voir dans l'église de Bethléem, tout près du petit Zacharie, fils de Joïada, et servant le grand-prêtre :

« Debout à ses côtés, le jeune Eliacin,
Comme lui le servait en long habit de lin. »

» Et je répétais involontairement avec Éliacin ces autres beaux vers :

« Quelquefois à l'autel
Je présente au grand-prêtre ou l'encens ou le sel ;
J'entends chanter de Dieu les grandeurs infinies,
Je vois l'ordre pompeux de ses cérémonies. »

» Tous les jours après complies, les religieux font une procession très-touchante dans l'intérieur de l'église, tant à Bethléem qu'à Nazareth, à saint Jean dans le désert et à Jérusalem, et ils visitent successivement tous les lieux saints qu'on y vénère. Ces mêmes enfants de chœur dont je viens de parler ouvrent la marche et accompagnent de leurs petites voix argentines le chant mélodieux des Franciscains. A Bethléem, on entonne d'abord une belle hymne composée en l'honneur du divin Enfant nouveau-né ; car

la première station est à l'endroit où le Messie
vint au monde. Arrivés en présence du sanctuaire si vénéré, les enfants se rangent en deux
chœurs, et les regards fixés sur l'étoile d'argent,
autour de laquelle sont gravées les paroles sa-
crées, ils étendent avec transport leurs petits
bras et montrent du doigt la place mystérieuse,
pendant qu'ils chantent d'une voix émue : *Hic
de Virgine Maria Jesus Christus natus est!* Les
pèlerins catholiques qui se trouvent à Bethléem
ne manquent jamais de suivre la procession. La
première fois qu'ils ont le bonheur de l'accom-
pagner, on leur donne en main un petit cierge
allumé, béni dans la grotte, qu'ils emportent en-
suite dans leur pays, comme un précieux souvenir de la délicieuse émotion que toute cette
cérémonie leur a fait éprouver. »

A sept pas de là, vers le midi, après avoir
passé l'entrée d'un des escaliers qui montent à l'é-
glise supérieure, vous trouvez la crèche (B). On
y descend par deux degrés... C'est une voûte
peu élevée, enfoncée dans le rocher. Des pla-
ques de marbre blanc, enchâssées en forme de
berceau, et exhaussées d'un pied au-dessus du sol,
indiquent l'endroit même où le Sauveur est né.
La crèche où l'enfant Jésus fut mis est de bois.
L'empereur Héraclius, craignant que les sectaires
de Mahomet n'envahissent la Palestine, comme

ils firent en effet, emporta cette crèche à Constantinople. Depuis, elle fut transportée à Rome où elle est conservée dans l'église de Sainte-Marie-Majeure, dans une très-riche et magnifique chapelle que Sixte V a fait construire pour ce précieux dépôt. Au-dessus de la crèche en marbre qui remplace la crèche véritable, sont suspendues cinq lampes. Une autre se trouve au milieu de cette petite place entre l'autel des Mages (C) et la crèche. Elle correspond, d'après la tradition, à l'endroit où s'arrêta l'étoile miraculeuse qui conduisit les mages de l'Orient au tombeau du Sauveur. L'endroit de l'adoration des Mages et la crèche qui est vis-à-vis appartiennent seuls aux catholiques.

Sortons maintenant de l'étable de Bethléem par la petite porte des catholiques, qui se trouve à l'extrémité opposée au sanctuaire de la Nativité (entre F et II). Les religieux franciscains en ont seuls les clefs, et c'est par là que la grotte de la Nativité communique avec l'église catholique de Sainte-Catherine, au moyen de couloirs souterrains, comme on le voit sur le plan de la page 31. On trouve d'abord à droite un enfoncement carré dans le rocher. Le R. P. François de Novare y érigea une chapelle dédiée à saint Joseph, en 1621. C'est l'espèce de parallélogramme au sommet duquel se trouve l'autel marqué de la lettre I.

Un peu plus loin, après avoir traversé une espèce de petit corridor ou de détroit taillé dans
le rocher, on trouve le tombeau et l'*autel des
Saints-Innocents* (J). Cette chapelle est érigée en
l'honneur de ces innocentes victimes de l'ambi-
tion d'Hérode. A la sacristie, on vénère une petite main et une langue d'un très-jeune enfant.
On prétend que ce sont des reliques d'un de ces
innocents que le brutal Hérode fit mourir, et
qu'on jeta dans la grotte, où l'on montre encore
leur tombeau. Quoi qu'il en soit du lieu où l'on
déposa ces restes précieux, le massacre des Innocents, ordonné par Hérode, est un fait incontestable que rapportent non-seulement les auteurs catholiques, mais aussi les auteurs païens.
« Auguste, dit Macrobe , apprenant que parmi
les enfants, âgés de moins de deux ans, qu'Hérode, roi des Juifs, avait fait mettre à mort en
Syrie, se trouvait aussi le fils d'Hérode, dit qu'il
vaudrait mieux être le pourceau d'Hérode que
son fils (1). » Ce mot d'Auguste est très-piquant.
Hérode, étant juif, ne pouvait manger du porc ;
cet animal immonde était donc en quelque sorte
seul à l'abri de sa brutale cruauté. Il paraît toutefois que Macrobe commet une erreur en met-
tant parmi les Innocents le fils d'Hérode. Ce ne
fut qu'après la sanglante boucherie de Bethléem,
après cet impitoyable déchirement des cœurs de

(1) Macrobe, *Saturn.*, l. 2, c. 10, p. 522.

tant de mères, que le monstre fit successivement égorger Aristobule, son rival, les frères, la mère et l'aïeul de sa femme, sa femme elle-même, Alexandre et Aristobule, ses enfants, et enfin Antipater, son fils aîné.

Un étroit passage, perpendiculaire à celui qui mène de la grotte de la Nativité à celle des Innocents, conduit à *l'école de saint Jérôme, la scola di san Gerolamo.* Mais avant d'y arriver, on rencontre, à droite, le tombeau de saint Eusèbe de Crémone, disciple de saint Jérôme, et abbé du monastère que l'illustre docteur avait fondé à Bethléem. Quelques auteurs ont cru que c'était saint Eusèbe, évêque de Césarée en Palestine. A deux pas de là est une grotte, où se trouvent le tombeau de saint Jérôme et celui où furent déposés les précieux restes de sainte Paule et de sainte Eustochie. Saint Jérôme, ce célèbre docteur de l'Église, après de longs voyages fixa sa demeure à Bethléem. Il y composa la plupart de ses ouvrages sur l'Écriture sainte et travailla à la traduction de ce livre divin. Après avoir demeuré trente-huit ans à Bethléem et y avoir bâti un monastère pour recevoir les pèlerins et les étrangers, il y mourut en 420. Sainte Paule et sainte Eustochie, sa fille, deux dames romaines, de la famille des Gracques et des Scipions, avaient renoncé aux grandeurs et aux plaisirs du monde pour se retirer auprès du berceau de Jésus-Christ.

Quand le voyageur se trouve entre le tombeau de ces saintes et celui de saint Jérôme, il a devant lui *l'école de saint Jérôme*, séparée de la grotte par un passage étroit où se trouvent deux marches. Il paraît que c'était là surtout que méditait et travaillait le saint docteur. C'est une grotte où il y a un autel.

Rien de plus touchant pour un voyageur qu'une nuit de Noël à Bethléem. M. Portaels s'y trouvait en 1845. Dans une lettre datée de Jérusalem le 1er janvier 1846, et adressée à sa famille, il rend compte de cette excursion. Laissons parler le voyageur lui même :

« Je veux vous dire comment nous avons passé les fêtes de Noël à Bethléem. Nous nous y sommes rendus la veille, par un temps magnifique. On était comme en plein été. Une multitude de personnes se trouvaient sur la route. Nous avions eu soin de nous munir d'une lettre pour le père supérieur des Franciscains de Bethléem, afin d'avoir un logement dans le monastère. En arrivant à Bethléem, nous vîmes les habitants tous dehors avec leurs fusils et attendant le consul de France à Jérusalem ; il devait assister aux fêtes. Le consul arriva peu de temps après nous. On le reçut au milieu des coups de fusil tirés pour lui faire honneur. Comme il est le protecteur des chrétiens dans ce pays, on tient à le recevoir avec le plus d'éclat possible, pour lui donner un bruyant témoignage de respect. Par suite de son arrivée, il y avait peu de place au couvent. Cependant les bons pères nous préparèrent une chambre pour cinq ; nous étions ainsi dans notre société ordinaire : M. N. Reyntiens, de Malines, M. le comte et Madame la comtesse Maldura, de Padoue, M. le comte Revedin, de Venise ; et moi.

» A onze heures du soir, on vint nous prévenir que les offices allaient commencer. Nous nous rendîmes tous à l'église, où déjà une foule de personnes se trouvaient réunies.

» A peine fûmes-nous dans le lieu saint, que nous vîmes entrer une troupe de jeunes gens ; un d'eux portait un drapeau en tête de la compagnie. C'étaient les *quarante montagnards,* ou chanteurs de Bagnères, qui venaient de parcourir l'Europe et avaient donné des concerts à Bruxelles. Eux aussi voulaient honorer par leurs chants l'endroit où le Christ est né. La messe commença ; les montagnards l'accompagnèrent de leur musique. Après la messe, on fit une procession en passant par tous les lieux sacrés qui se trouvent dans l'église. On alla déposer un petit enfant en cire au lieu même où le Christ enfant fut déposé par sa mère. Personne n'approche sans émotion de ce lieu sacré.

» A deux pas de là se trouve un autel, marquant l'endroit où le Christ vint au monde.

» Toute la grotte, remplie par des prêtres qui

portaient des flambeaux et faisaient retentir de
leurs chants ces cavités souterraines, inspirait un
profond respect. La procession continua son par-
cours; je restai seul dans la grotte. Quand tout
bruit eut cessé et que le silence seul régnait autour de moi, je me sentis beaucoup plus impres-
sionné que pendant la cérémonie. Il y a certaines
choses qui n'ont besoin d'aucun apparat; ainsi
cette grotte, simplement éclairée par les lampes
d'argent, sans recevoir aucune lumière du jour,
est mille fois plus belle et plus éloquente que
tout ce que la main de l'homme pourrait y ajou-
ter de splendeur et de magnificence.

» Le matin du 25 décembre, à huit heures,
nous allâmes visiter la grotte des Bergers. C'est
là qu'un ange apparut aux pasteurs et leur or-
donna d'aller adorer le Dieu qui venait de naître.

» Tout ce pays est rempli de souvenirs religieux.

» Vers une heure, nous prîmes congé des bons
pères, et nous nous dirigeâmes vers le couvent
de Saint-Jean. Le soir nous fûmes de retour dans
la ville sainte. »

FIN DE LA 24ᵉ LIVRAISON DES PRÉCIS HISTORIQUES.

1ʳᵉ ANNÉE, 1852.

Opuscules de la Collection,

1re ANNÉE.

Les trois Martyrs du Japon, de la Compagnie de Jésus.

La Confession est-elle une invention des prêtres, publiée au **XIIIe siècle ?** Extrait du P. Scheffmacher.

Épisode de la déportation des prêtres en 1794. Récit fait par un de ces déportés.

Sagesse de l'Eglise dans la Béatification et la Canonisation des Saints. Exposé des procédures et des cérémonies. (Deux livraisons.)

Opinions sur l'Origine des Béguinages belges, par Éd. T.

Influence sociale de la Semaine Sainte. Extrait des conférences de Monseigneur Wiseman.

Coup d'œil sur l'histoire de la Réforme du XVIe siècle, par l'auteur de *Mes doutes*.

Lorette ou Translation de la Santa Casa. Extrait de l'abbé Caillau.

Un Concile. Extrait de Bergier.

Des Services que l'État religieux a rendus à la société.

Salazar, ou la Chapelle expiatoire du très-saint Sacrement de Miracle, à Bruxelles, par Éd. T.

Le Saint Concile de Trente. Extrait de Bergier.

Les neuf premiers Compagnons de saint Ignace de Loyola. Extrait du P. d'Oultreman, S. J. (Deux livrais.)

Un mot sur l'éducation révolutionnaire, par Éd. T.

De l'Origine des Croisades, au point de vue philosophique, par Éd. T. (Deux livraisons.)

Le Dimanche, au point de vue social.

De l'enseignement classique et chrétien du XVIIe siècle, par Arsène Cahour, S. J.

Des Funérailles Chrétiennes. Par Éd. T. (Deux livraisons.)

Dissertation sur la délivrance d'Anvers en 1622 et en 1624.—(Extrait des Bollandistes.)

Bethléem, par Éd. T.

CONDITIONS D'ABONNEMENT AUX PRÉCIS HISTORIQUES.

Tous les mois, 2 petits volumes in-18. — La *Collection* d'une année formera donc 24 livraisons. — 5 fr. pour une année. 5 fr. 50 par la poste, pour la Belgique. — 5 fr., plus l'affranchissement, pour l'étranger.—Chaque petit vol. de 56 pages se vend aussi séparément, 25 centimes ; 15 fr. le cent.